Barbara M. Joosse
hat bereits zahlreiche Kinderbücher geschrieben. Sie lebt gemeinsam mit ihrem Mann und ihren drei Kindern in einem alten, zu Zeiten des amerikanischen Bürgerkriegs erbauten Steinhaus im historischen Cedarburg, Wisconsin. Zur Familie gehört auch Tinker, ein tyrannischer Papagei, der immer dann antwortet, wenn er nicht gefragt wird.

Sue Truesdell
wollte schon immer Kinderbuchillustratorin werden und besuchte das Pratt Institute in Brooklyn, New York, wo sie ein Grafikstudium absolvierte. Sie hat bereits zahlreiche Bilder- und Kinderbücher illustriert und lebt in Tenafly, New Jersey.

Im Verlag Ueberreuter bereits erschienen:
Zwei Detektive auf heißer Spur
Wie man große Jungs besiegt
Drei Detektive auf Gespensterjagd

Barbara M. Joosse

Höchst verdächtig: Chuckie H.

Aus dem Amerikanischen
von Gerda Geyer

Illustrationen
von Sue Truesdell

UEBERREUTER

Die Deutsche Bibliothek – CIP-Einheitsaufnahme
Joosse, Barbara M.:
Höchst verdächtig: Chuckie H. / Barbara M. Joosse. Aus dem Engl. von Gerda
Geyer. – Wien : Ueberreuter, 2002
Einheitssacht.: Alien brain fryout <dt.>
ISBN 3-8000-2951-0

Alle Urheberrechte, insbesondere das Recht der Vervielfältigung,
Verbreitung und öffentlichen Wiedergabe in jeder Form,
einschließlich einer Verwertung in elektronischen Medien,
der reprografischen Vervielfältigung, einer digitalen Verbreitung
und der Aufnahme in Datenbanken, ausdrücklich vorbehalten.
Aus dem Englischen von Gerda Geyer
Originaltitel: »Alien brain fryout«
Text copyright © 2000 by Barbara M. Joosse
Illustration Copyright © 2000 by Sue Truesdell
Published by special arrangement with Clarion Books,
a Houghton Mifflin Company imprint.
Umschlag- und Innenillustrationen von Sue Truesdell
Umschlaggestaltung von Zembsch' Werkstatt, München
Copyright © der deutschsprachigen Ausgabe 2002 by Verlag Carl Ueberreuter, Wien
Druck: Druckerei Theiss GmbH, A-9431 St. Stefan
1 3 5 7 6 4 2

Ueberreuter im Internet: www.ueberreuter.de

Für Tim,
der mir näher kommt
B.J.

Für Alex,
in Liebe
S.T.

Inhalt

 1. ◆ Hauptquartier   9
 2. ◆ Merkwürdiges Verhalten   18
 3. ◆ Beschatten   26
 4. ◆ Aaaaahhhhh!   33
 5. ◆ Mwuiiip!   40
 6. ◆ Computerchips   45
 7. ◆ Etwas stimmt nicht   54
 8. ◆ Die Magische Kugel Nr. 8   61
 9. ◆ Chuckie flippt aus   70
10. ◆ Wie eine Wassermelone   79
11. ◆ Wassermelone oder Gas?   86

1

Hauptquartier

Meine Partner und ich spielten mit Kevins Magischer Kugel Nr. 8 herum. Ich hielt sie in der Hand. »Magische Kugel Nr. 8«, sang ich, »sind wir das beste Detektivbüro im ganzen Universum?«

Ich schüttelte die Kugel und wartete darauf, dass die Antwort auftauchen würde: Antwort nicht eindeutig. Neuer Versuch.

Lucy schnappte sich die Kugel. »Ich bin dran. Magische Kugel Nr. 8, bin ich die beste Detektivin im Team?«

Sie schüttelte die Kugel … kräftig. Die Antwort tauchte auf: Antwort nicht eindeutig. Neuer Versuch.

Sie sagte: »Ist diese Kugel kaputt oder was? Sie ist bei derselben Antwort hängen geblieben.«

Kevin schnappte sich die Kugel von Lucy. »Das ist, weil du nicht die richtigen Fragen stellst. Du musst bessere Fragen stellen … Zum Beispiel … Magische Kugel Nr. 8, sollen wir ein Hauptquartier einrichten?«

Das war *wirklich* eine gute Frage. Wir starrten alle auf das kleine Glasfenster und warteten auf die Antwort. Sie tauchte auf: Ja.

Schurke flog auf Kevins Schulter.

»*Braaack! Beweg sie, Kleiner.*«

Erwähnte ich Schurke schon? Er ist unser Glücksbringer, ein Afrikanischer Graupapagei. Er kann eine Million Wörter sagen. Die meisten davon schnappte er aus Kriminalfilmen auf. Die sah er gemeinsam mit seiner früheren Besitzerin, Charlotte Lamonde, alias Schrulli Charlotte.

Erwähnte ich Schrulli Charlotte schon? Sie war die Hobbydetektivin, der früher dieses Haus gehörte. Schurke war ihr Papagei.

»Die Magische Kugel Nr. 8 weiß alles«, sagte Kevin. »Also weiß sie auch, dass wir ein Hauptquartier brauchen.«

»Jep«, sagte Lucy. »Ohne Hauptquartier sind wir kein richtiges Detektivbüro.«

»Aber wo sollen wir es einrichten?«, fragte Kevin.

»Bei mir«, sagte Lucy. »Ich habe jede Menge Verkleidungsmaterial.«

»Bei mir«, sagte ich. »Ich habe jede Menge Essen.«

»Charlotte, Charlotte!«, sagte Schurke.

Lucy sagte: »Schurke hat Recht. Das ist ein ziemlich unheimliches Haus. Schrulli Charlotte starb hier und es gibt hier einen Geheimgang.«

»Außerdem sind auf dem Dachboden ihre gesamten alten Detektivsachen verstaut«, sagte Kevin.

»JA«, rief ich. »Richten wir das Hauptquartier auf dem Dachboden ein!«

Kevin schüttelte die Magische Kugel Nr. 8 und wartete auf die Antwort: Ja, eindeutig.

In null Komma nichts rannten wir die Treppe hinauf in Kevins Zimmer, durch die Geheimtür in seinem Schrank und weiter die Treppe hinauf zum unheimlichsten Dachboden, den man sich nur vorstellen kann. Wieder in null Komma nichts hatten wir damit begonnen, die Sachen herumzuschieben.

»Stellen wir doch den Aktenschrank direkt neben

den Schreibtisch, genau so, wie er bei Charlotte im Schlafzimmer stand«, sagte Kevin.

»Ich denke, wir sollten *alles* so aufstellen, wie es bei Charlotte war – schließlich *sind* es ja ihre Sachen«, sagte Lucy.

Lucy und ich hängten die Pinnwand hinter den Schreibtisch. Kevin stopfte den Aktenschrank mit Charlottes Ermittlungsberichten voll. Ich stellte die Magische Kugel Nr. 8 auf den Tisch und legte einige Ausgaben der Zeitschriften *Detektiv* und *Alarm!* daneben. Lucy steckte den Fernsehapparat an und dann stellten wir gemeinsam das Sofa davor. Schurke flog auf dem Dachboden herum und kreischte: »*Geschnappt, Kleiner*« und »*Polizei!*« und »*Sie sind umzingelt!*«

»Es kann losgehen!«, sagte Kevin. »Jetzt haben wir einfach alles, was wir für unsere Arbeit als Detektive brauchen.«

»Alles, bis auf einen Fall«, sagte Lucy.

»Überall in der Nachbarschaft sind unsere Aushänge, aber bis jetzt hat keiner angerufen«, sagte ich. »Wahrscheinlich gab es in der letzten Zeit keine Vermissten oder Überfälle.«

Kevin ließ sich aufs Sofa fallen. »Hier ist alles bereit für einen Fall und dann passiert kein Verbrechen?«

Schurke flog auf Kevins Schulter und hieb mit dem

Schnabel auf seine Haare. »*Aoow! Was is los, Kleiner?*«

»Ach kommt, Jungs. Lasst euch nicht hängen«, meinte Lucy. »Überall um uns herum passieren Verbrechen. Wir müssen sie nur finden.«

»Lucy hat Recht«, sagte ich. »In Grafton wimmelt es wahrscheinlich nur so von bösen Jungs.«

»Jep, vielleicht verstecken sie sich nur«, sagte Kevin. »Wie stellen wir es an, sie zu finden?«

»Auf die Lauer legen«, sagte Lucy. »Wir halten Ausschau nach merkwürdigen Dingen und machen uns Notizen. Dann finden wir alles heraus … und fassen die bösen Jungs.«

»Genau«, sagte ich und schaute auf meine Uhr. »Nur, jetzt kommt meine Lieblingssendung im Fernsehen. Wir finden den Fall einfach, wenn die Sendung vorbei ist.«

Wir drehten die Kiste an und hockten uns gemeinsam auf das Sofa – Lucy, Kevin, Schurke und ich, der Wilde Willi. In unserer Lieblingssendung, *Außerirdische*, ging es darum, dass Außerirdische Menschen entführten und dann wieder zur Erde zurückbrachten. Aber als die Menschen wieder zurück waren, verhielten sie sich ganz sonderbar und merkwürdig. So, als würden Außerirdische ihre Gedanken kontrollieren.

Außerirdische machen aber auch andere gruselige

Sachen. In dieser Folge warfen sie riesige Bandwürmer in die Abwasserkanäle. Die Bandwürmer krochen dann durch die Leitungen in die Toiletten und Spülbecken und befielen die Menschen. Wir schauten zu, wie die Würmer sich unter der Haut der Menschen wanden. Wir schauten zu, wie die Menschen verrückt wurden, wegen der Würmer in ihren Körpern. Wir schauten zu, wie die Menschen sie auskotzten und wie die Würmer zurück in die Abwasserkanäle rutschten – wo sie auf ihre nächsten Opfer warteten.

»Auweia!«, sagte ich. »Das wäre ganz schön unheimlich, so riesige Würmer im Körper zu haben.«

»Außerirdische haben viele Möglichkeiten, die Kontrolle zu übernehmen«, sagte Lucy.

»*Aufpassen!*«, kreischte Schurke.

Ich warf einen Blick durch das Dachbodenfenster.

»Ihr wisst, Außerirdische könnten uns genau in diesem Augenblick beobachten«, sagte ich.

»Es könnten Leute hier in Grafton wohnen, die entführt wurden«, sagte Kevin. »Vielleicht sogar in unserem Viertel, im Sunset Court.« Er schaute sich misstrauisch um.

Mir war schon allein der Gedanke daran unheimlich. Ich glaube, auch Kevin und Lucy wurde das alles unheimlich, denn im Hauptquartier wurde es ganz still.

Ganz, ganz still.

Dann rief Kevins Mama zu uns herauf: »Es ist Zeit für Lucy und Willi, nach Hause zu gehen.«

Auweia!

Lucy und ich sagten Tschüss zu Kevin und Schurke und gingen hinaus. Nur wir beide. In die Dunkelheit.

Merkwürdiges Verhalten

Merkwürdiges Verhalten

Hast du schon einmal bemerkt, dass in der Nacht alles viel unheimlicher ist als am Tag? In dieser Nacht war der Himmel schwarz, und der Vollmond schwebte darin wie ein Augapfel. Auch Geräusche sind in der Nacht gruseliger. Eulen schreien und Hunde bellen lauter. Man hört Schritte viel lauter. Und die Blätter rascheln lauter. So wie jetzt. Ich hatte doch ein Flüstern gehört. Wo kam es nur her?

Und diese Schritte. Waren das nur Die-Straße-entlang-gehen-Schritte oder waren das Ich-komme-um-dich-zu-holen-Schritte?

Knall!

Ich griff nach Lucys Arm.

»Was war das für ein Lärm?«, flüsterte Lucy.

»Vielleicht hat jemand Knallkörper abgeschossen.«

»Genau«, sagte Lucy. »Sicher würde ein Raumschiff viel lauter klingen, wenn es schießt.«

»Genau«, sagte ich.

Zzziiiiiischschsch.

Lucy griff nach meinem Arm. »D-d-das klang überhaupt nicht wie ein riesiger Kanalwurm«, sagte sie. »Od-d-d-er?«

»Ich glaube nicht«, sagte ich.

Zzziiiiiischschsch.

»Aber vielleicht sollten wir auf der anderen Seite des Gehwegs gehen – nicht bei den Kanalgittern?«

»Glaubst du, dass Kevin Recht hat?«, fragte Lucy. Glaubst du, dass Außerirdische in Sunset Court sein könnten?«

»Außerirdische sind sehr geschickt«, sagte ich. »Man weiß nie, wann sie angreifen oder wer sie überhaupt sind.«

»Wem kann man dann trauen?«, fragte Lucy.

»Du weißt ja, was sie in *Außerirdische* sagen«, sagte ich. »Traue niemandem.«

»Außer deinen Partnern«, sagte Lucy.

»Genau«, sagte ich. »Wir können uneingeschränkt aufeinander zählen.«

Und da bemerkte ich unsere Schatten im Licht der Straßenlaternen. Unsere Schatten waren überhaupt nicht groß. Wir waren nicht groß. Ich wusste, dass ich auf Lucy zählen konnte; ich wünschte nur, dass es mehr von ihr gäbe, auf das ich zählen könnte.

»Woran erkennt man, dass jemand entführt wurde?«, quietschte ich.

»Na ja, die verhalten sich wie die Jungs in der Sendung. Blöd. Nervös. Nicht so, wie sie normalerweise sind«, sagte Lucy.

»Alle, die ich kenne, verhalten sich völlig normal«, sagte ich. »Bis jetzt.«

Und da hatte ich dieses eigenartige Gefühl, dass uns jemand beobachtete. Aber dann dachte ich, dass ich mich wahrscheinlich nur wegen der Fernsehsendung fürchtete. Wahrscheinlich beobachtete uns in Wirklichkeit gar niemand.

Aber ich hatte weiterhin dieses Gefühl. Ich blieb stehen und schaute zurück. Lucy und ich waren die einzigen Menschen auf dem Gehweg. Wenn uns jemand beobachtete und wir konnten diesen Jemand nicht sehen … dann bedeutete das, dass sich dieser Jemand versteckte!

Dann hörte ich ein *Atmen*.

Plötzlich hörte ich Schritte auf uns zukommen! Wir rannten davon. Die Schritte liefen uns nach!

Ich konnte mein Haus sehen. Wir waren beinahe dort. Noch ein paar Schritte und …

… wir hatten es geschafft! Lucy und ich liefen hinein, knallten die Tür zu, verriegelten sie und verschanzten uns hinter dem Sofa.

»Hallo, ihr«, sagte Papa.
»Papa?«, schrie ich.
»Was ist denn los?«, fragte er.
Ich schluckte. »Außerirdische«, sagte ich.
»Oder Entführte«, sagte Lucy. »Das wissen wir nicht genau.«
»Jemand hat euch verfolgt?«, fragte Papa.
Wir nickten.
»Also, dann schauen wir mal nach«, sagte Papa und griff nach den Vorhängen um sie zurückzuziehen.
»NEIN!«, schrien wir. »Sie dürfen dich nicht sehen!«
»Natürlich!«, sagte Papa und schlug sich auf die Stirne. »Wie konnte ich das nur vergessen. Wahr-

scheinlich ist das der Grund, weshalb ihr Detektive seid und ich in einer Bank arbeite.«

»Sie könnten durch einen schmalen Spalt zwischen den Vorhängen durchschauen«, schlug Lucy vor.

»Natürlich«, sagte Papa. Er hockte sich hin und zog den Vorhang einen Spaltbreit auseinander. Ganz, ganz vorsichtig spähte er aus dem Fenster. »Also, wisst ihr was«, sagt er mit einem Kopfschütteln.

»Wer ist es?«, fragte ich.

»Das ist nicht im Geringsten ein Außerirdischer«, sagte Papa. »Das ist Chuckie.«

»Kommt auf dasselbe raus«, meinte Lucy.

Wir spähten unter dem Vorhang durch. Da stand der große, fiese, gemeine Chuckie und starrte auf mein Haus. Das Licht der Straßenlaternen und des Augapfelmondes ließen ihn unheimlicher aussehen als je zuvor. »Das ist sehr schlecht«, sagte ich.

»Warum ist Chuckie uns gefolgt? Warum steht er hier?«, fragte Lucy.

»Chuckie ist ein etwas seltsamer junger Mann«, sagte Papa. »Aber ich bin sicher, dass er euch nichts antun will.«

»Jep, richtig«, murmelte Lucy.

Wir gingen in die Küche und öffneten den Schrank mit den Knabbersachen. Wir nahmen Käsekräcker, gesalzene Erdnüsse mit Kruste (meine Lieblingssorte), schwarze Lakritze und Star Energizer heraus. Wir schütteten alles auf den Tisch.

»Du hast wirklich das beste Essen«, sagte Lucy.

»Ich weiß«, sagte ich.

Lucy aß einen Kräcker, einen Bissen Lakritze, eine Erdnuss und einen Star Energizer. Dann kam sie auf vorhin zurück. »Für einen schlauen Burschen ist dein Papa irgendwie doof«, sagte sie. »Er hält Chuckie für nett.«

»Es gibt zwei Sorten von Erwachsenen«, sagte ich. »Die einen halten alle Kinder für lieb und die anderen halten alle Kinder für gemein. Papa gehört zur ersten Sorte.«

»Vielleicht wäre Chuckie nicht so böse, wenn er nicht so stark wäre«, sagte Lucy.

»Jep. Er ist so stark, dass er jeden zermalmen kann, wenn er es will«, sagte ich.

»Vielleicht wäre er nicht so böse, wenn er nicht so geldgierig wäre.«

»Genau. Ständig versucht er uns Geld abzuluchsen.«

»Und vielleicht wäre er nicht so böse, wenn er Arbeit nicht so hassen würde.«

»Ständig versucht er seine Arbeit auf uns abzuwälzen.«

»Vielleicht würde er nicht so gemein wirken, wenn wir schlauer wären«, sagte Lucy. »Dann könnte er uns nicht austricksen.«

»Das Problem ist, dass wir zwar schlauer werden, aber er immer ausgefuchster wird. Man muss der Wahrheit ins Auge blicken. Papa liegt absolut falsch. Chuckie ist der gemeinste Junge, den wir kennen.«

»Was glaubst du, warum er uns verfolgt hat?«, fragte Lucy.

»Vielleicht liegt es am Vollmond«, sagte ich. »Manche Menschen werden bei Vollmond eigenartig.«

Lucy schaute aus dem Fenster. »Es ist Vollmond«, sagte sie. »Vielleicht hat Chuckie uns wegen des Vollmonds verfolgt und morgen ist der Vollmond vorbei und alles ist wieder normal.«

»Genau«, sagte ich.

3

Beschatten

Am Morgen war alles normal. Die Sonne schien und es war sommerlich heiß. Papa gab die Schmutzwäsche in die Waschmaschine, bevor er zur Arbeit fuhr. Mama machte mir das Frühstück. Ich fühlte keine Augen, die mich beobachteten. Niemand verfolgte mich. Alles normal.

Als ich gerade zur Haustür hinausging, sah ich Chuckie. Er stand auf der anderen Straßenseite und schaute – gar nicht normal. Er stand da ohne irgendetwas zu machen. Er hatte diesen weggetretenen Ausdruck, wie man ihn unmittelbar nach dem Aufwachen hat, und er schaute auf Lucys Haus. Ich wollte nicht von ihm bemerkt werden. Deshalb ging ich nicht durch die Haustür, sondern stieg durch mein Fenster, schlüpfte durch ein Loch in der Hecke und warf Steine an das Fenster von Lucys Zimmer.

Das Fenster öffnete sich. Von allein. Ich konnte Lucy nirgendwo sehen. Eine Stimme sagte: »Komm herein.«

Ich stieg hinein und wäre beinahe auf Lucy draufgefallen. Sie kauerte unter dem Fenster.

»Was machst du da unten?«, fragte ich.

»Ich verstecke mich«, sagte sie. »Vor Chuckie.«

»Was macht er da draußen auf dem Gehweg?«, fragte ich.

»Ich weiß es nicht«, sagte Lucy. »Aber er steht schon den ganzen Morgen über da und beobachtet mein Haus.«

»Aus welchem Grund beobachtet Chuckie dein

Haus? Jetzt ist kein Vollmond. Jetzt ist *überhaupt* kein Mond da!«, meinte ich.

»Ich sagte schon, ich weiß es nicht. Aber es ist mir unheimlich.«

»Chuckie ist mir immer unheimlich. Aber diesmal ist es anders«, überlegte ich. »Üblicherweise versucht er uns auszutricksen, aber jetzt …«

»Vielleicht ist es das! Vielleicht hat er einen Plan. Das ist jetzt die Uns-beschatten-Phase und dann kommt die Uns-fassen-Phase.«

»Vielleicht …«, sagte ich.

»Weißt du, was nicht stimmt?«, fragte Lucy. »Wir können uns nicht zusammenreimen, was mit Chuckie los ist, weil wir nicht genug Informationen haben. Wir müssen ihn beschatten.«

Lucy hat eine ganze Schachtel voller Verkleidungen und zwei Schubfächer mit Spionageausrüstung – sogar ein Periskop.

Sie brachte unauffällig das Periskop vor dem Fenster in Position und beobachtete Chuckie damit. Ich machte Notizen.

»Das Subjekt ist ein zehnjähriger Junge«, sagte sie. »Er trägt Motorradstiefel, kurze Hosen und ein T-Shirt. Offensichtlich hat er seine Frisur geändert. Keine Stachelfrisur mehr, sondern glatt gekämmt.«

»Was macht er?«, fragte ich.

»Das Subjekt steht seit zwei Stunden an derselben Stelle. Es macht rein gar nichts. Es steht nur dort.«

»Das wär's«, sagte Lucy und legte das Periskop weg. »Mehr gibt es nicht zu beobachten.«

»Okay«, sagte ich. »Dann sollten wir ihn jetzt befragen. Vielleicht können wir rauskriegen, was er von uns will.«

Wir verließen das Haus durch die Tür und überquerten die Straße. »Hallo, Chuckie«, sagte Lucy.

»Oh, hallo!«, sagte Chuckie mit einer Stimme, die gar nicht nach seiner eigenen klang.

»Mann o Mann«, sagte ich gähnend. »Ein ganzer Tag, ohne dass ich etwas tun muss. Absolut nichts. Ich habe überhaupt nichts zu erledigen.«

»Ich auch nicht«, sagte Lucy.

Das war genau der Punkt, an dem Chuckie üblicherweise sofort eine Idee hätte. An diesem Punkt hätte er uns normalerweise die Möglichkeit geboten, alles über Pflanzen zu lernen – beim Jäten im Gemüsegarten seiner Eltern. Aber Chuckie sagte überhaupt nichts. Er stand nur da. Grinste.

Wenn er uns nicht für sich arbeiten lassen wollte, vielleicht wollte er unser Geld. Ich schubste Lucy.

»Ich habe gerade mein Taschengeld bekommen«, sagte Lucy. »Ich weiß gar nicht, wofür ich es ausgeben soll.«

Chuckie grinste weiter.

»Jep«, sagte Lucy. »Ich, mit so viel Geld, und keine Ahnung, wofür ich es ausgeben soll.«

»Vielleicht solltest du ein paar Ohrringe kaufen«, sagte er.

Ich schielte hinüber zum guten alten Chuckie.

»Warum? Möchtest du, dass Lucy sich bestimmte Ohrringe kauft? Zum Beispiel welche mit echten Brillanten, die genau so viel kosten, wie sie an Geld hat?«

»Nein«, sagte Chuckie. »Ich dachte nur, dass ihr Ohrringe gut stehen würden.«

Häh?

Lucy sagte: »Chuckie, du stehst schon lange da. Warum das?«

»Ich habe, mh, äh, ich habe nachgedacht.«

Chuckie, *nachgedacht???*

»Dann solltest du besser im Schatten nachdenken, Chuckie«, sagte Lucy. »Dein Gesicht ist schon knallrot.«

◆ 4 ◆

Aaaaahhhhh!

Lucy und ich fuhren mit den Fahrrädern zu Kevins Haus. Kevin war da, er spielte mit Schurke.

»Wir haben einen Fall!«, sagte ich.

»Gehen wir ins Hauptquartier«, sagte Kevin und wir rannten um die Wette die Treppe hinauf.

»Es begann gestern Abend«, sagte Lucy. »Willi und ich gingen gerade heim, als wir so ein Gefühl bekamen, dass uns jemand beobachtete. Und tatsächlich war da jemand.«

»Wir gingen schnell und er ging schnell. Wir rannten und er rannte auch«, sagte ich.

Schurke beugte sich auf Kevins Schulter nach vorn, als würde er genau zuhören und könnte wirklich jedes Wort verstehen, das wir sprachen.

»Als wir bei Willi waren, haben wir aus dem Fenster nach draußen gespäht. Du wirst nie erraten, wer es war«, sagt Lucy. Sie wartete eine Sekunde, bevor sie es ihm entgegenschmetterte: »Chuckie.«

»*Aaaaahhhhh!*«, kreischte Schurke und streckte seine Federn wie Stacheln von sich.

Kevin begann Schurke zu streicheln, um ihn wieder zu beruhigen. »Chuckie hat möglicherweise versucht euch auszutricksen«, meinte Kevin. »Geld von euch zu kriegen oder so was. Ihr wisst, wie er ist.«

»Daran haben wir auch gedacht. Aber er war nicht so geldgierig, wie er es normalerweise ist. Heute Morgen stand er auf der anderen Straßenseite und starrte auf mein Haus. Wir beschlossen ihn zu beschatten und den Grund dafür herauszufinden«, sagte Lucy.

»Dann befragten wir ihn. Wir sagten, dass wir überhaupt keine Arbeit zu erledigen hätten … aber er versuchte nicht einmal, seine Arbeit auf uns abzuwälzen«, sagte ich.

»Und dann sagte ich, dass ich gerade mein Taschengeld bekommen hätte und nicht wüsste, wofür ich es ausgeben sollte … aber er versuchte nicht, es zu kriegen«, sagte Lucy.

»*Seeeehr interessant*«, sagte Schurke.

»Genau«, sagte Lucy.

Kevin rieb sich die Hände. »Klingt wie ein Fall.« Er stand auf. »Okay. Schreiben wir alles über Chuckie auf – wie er früher war und wie er jetzt ist.«

Er schrieb: Chuckie: Früher

Wir begannen alles aufzulisten und das ist das Ergebnis:

Chuckie: Früher
1. stark
2. gekleidet wie ein cooler Junge

3. Stachelfrisur
4. mochte Geld
5. hasste Arbeit
6. versuchte uns auszutricksen
7. schaute gerissen aus
8. nannte uns Verlierer
9. saß auf seiner Veranda herum

»Und jetzt kommt die andere Liste dran, die Art, wie er jetzt ist«, sagte Lucy.

Diese Liste sah so aus:

Chuckie: Jetzt
1. stark
2. gekleidet wie ein cooler Junge
3. gekämmte Haare

4. mag Geld ...?
5. hasst Arbeit ...?
6. hat in der letzten Zeit nicht versucht uns auszutricksen
7. schaut weggetreten aus
8. verfolgte Willi und Lucy
9. starrte auf Lucys Haus

»Ich habe noch etwas bemerkt«, sagte Lucy. »Sein Gesicht ist knallrot, so als wäre er zu lange in der Sonne gewesen.«

Kevin schrieb hin:

10. rotes Gesicht

»Ich weiß, was ihr denkt«, sagte Kevin. »Ihr denkt, dass Außerirdische Chuckie geschnappt haben. Dass sie ihn entführt haben und möglicherweise jetzt seine Gedanken kontrollieren.«

Lucy und ich nickten.

»Vielleicht«, sagte Kevin. »Doch vielleicht auch nicht. Ich muss zugeben, es klingt, als benähme Chuckie sich eigenartig. Aber der Einzige, der schlauer und gerissener ist als die Außerirdischen, ist Chuckie. Er könnte auch einfach einen großen Plan verfolgen.«

»Aber er hat sich überhaupt nicht schlau benommen«, sage Lucy.

»Er benahm sich wie gehirnamputiert.«

»So richtig gehirnverbrannt«, sagte ich.

Ich nahm die Magische Kugel Nr. 8 auf und begann damit herumzuspielen. Ich drehte sie um. Die Botschaft im Fenster lautete: Zeichen deuten auf ja.

♦ 5 ♦

Mwuiiip!

Kevin schlug eine Ausgabe des *Alarm!*, einer Zeitschrift über Außerirdische, auf. Er blätterte sie rasch durch und auf den Seiten sah man Wesen mit hageren Körpern und großen Köpfen (Außerirdische) und Menschen mit Zombieaugen (Entführte). Er zeigte mit dem Finger auf eine der Seiten. »Schaut euch das an«, sagte er. »Hier ist beschrieben, welche unterschiedlichen Arten der Kontrolle Außerirdische ausüben können.«

»Wow!«, sagte ich. »Zeig her.«

Lucy und ich schauten uns den Artikel an.

»Hier steht, dass es viele verschiedene Wege gibt, wie Außerirdische die Kontrolle über jemanden erlangen können«, sagte ich. »Man kann in ein Raumschiff gebeamt werden. Chirurgische Operationen. Telepathie. Computerchipimplantate. Oder Ähnliches.«

»Computerchipimplantate?«, sagte Lucy. »Vielleicht probiert Chuckie es mit der Masche. Er will mir Ohrringe mit eingebauten Computerchips verkaufen. Und dann könnten die Außerirdischen meine Gedanken kontrollieren.«

»Das könnte passieren«, sagte Kevin. Er las laut vor: »Ist jemand das Opfer von Gedankenkontrolle, so legt er möglicherweise ein äußerst unübliches Verhalten an den Tag.«

»Wie der gehirnverbrannte Chuckie«, sagte Lucy.

Kevin las weiter: »Manchmal ändert sich sogar das äußere Erscheinungsbild des Opfers.«

»Chuckie sieht total anders aus«, sagte ich. »Sein Gesicht ist sauber und er hat Gel in seine Haare geschmiert.«

Lucy nahm die Zeitung und las weiter. »Entführungsopfer haben häufig Angst vor hellem Licht, da es sie mit hoher Wahrscheinlichkeit an das Licht im Raumschiff erinnert.«

»Klingt plausibel.« Ich schaute über Lucys Schulter. »Die Opfer haben auch Angst vor lauten Geräuschen wie Flugzeugmotoren, da sie dadurch wahrscheinlich an den Lärm eines landenden Raumschiffs erinnert werden.«

»Und schau, was da am Schluss des Artikels steht!«, rief ich. »Die Opfer stellen sowohl für sich selbst als auch für andere eine große Gefahr dar. Sie sollten genau beobachtet werden. Die Behörde sollte verstän-

digt werden.‹ Dann steht unterstrichen: ›Unternehmen Sie nichts (wohlgemerkt: nichts), ohne dazu befugt zu sein.‹«

»Wer ist die Behörde?«, fragte Lucy.

»Ich tippte auf die Zeitschrift. *Alarm!*, natürlich. Die wissen alles über die Kontrolle durch Außerirdische.«

»Wir sollten ihnen schreiben und von Chuckie berichten. Wir können ihnen Berichte über unsere Untersuchungen schicken«, sagte Kevin.

Wir schrieben den Brief.

Bericht 1

Lieber Alarm!,

Chuckie Herman ist ein Junge aus unserer Nachbarschaft. Er ist normalerweise gemein und hinterhältig, aber jetzt verhält er sich wie weggetreten. Er ist richtig gehirnverbrannt. Er schaut auch anders aus. Seine Haare stehen normalerweise wie Stacheln vom Kopf ab und jetzt sind sie mit Gel glatt gekämmt. Außerdem ist sein Gesicht rot.

Wir werden Sie auf dem Laufenden halten.

Mit detektivischen Grüßen,

Detektivbüro Schurkenschnapp

»Gut. Wir haben die Behörde benachrichtigt. Jetzt müssen wir Chuckie beschatten«, sagte Lucy.

Wir nahmen unseren Notizblock, das Periskop und das Fernglas. Dann strich Kevin Schurke zum Abschied über den Kopf.

Schurke begann auf und ab zu hüpfen und machte dabei ein Geräusch, ein unheimliches. Es klang so: »*Mwuiiip.*«

»Was war das?«, fragte Lucy. »Niesen Papageien so?«

»Ich weiß es nicht«, sagte Kevin. »Aber er macht das oft in der letzten Zeit.«

»Wahrscheinlich ist er erkältet«, meinte ich.

»*Mwuiiip*«, machte Schurke.

◆ 6 ◆

Computerchips

Lucy und ich beobachteten Chuckies Haus mit bloßem Auge. Kevin riss sich das Fernglas unter den Nagel. Das Fernglas gehörte ihm.

»Mit bloßen Augen kann ich überhaupt nichts erkennen«, sagte Lucy. »Nur Chuckies blödes Haus.«

Ich seufzte. »Jep. Ohne Fernglas ist nicht viel zu sehen.«

»Das ist wahr«, sagte Kevin. »Mit dem Fernglas kann ich alles Mögliche erkennen. Am Fensterbrett in der Küche steht ein Spülmittel. Aus dem Wohnzimmer kommt so ein blaues Licht …«

»Ein Licht von *Außerirdischen?*«, fragte Lucy.

»Eher das Licht vom Fernseher«, sagte Kevin.

»Was noch?«, fragte Lucy.

»Wow! Da ist ein Zimmer ganz in Grüngelb, mit so vielen Fußballsachen von den Green Bay Packers, wie ihr sie noch nie auf einem Haufen gesehen habt. Eine riesige Superbowl-Siegesfahne und ein neonfar-

benes *Lauf mit den Packers*-Licht. Aber kein Chuckie. Er ist wahrscheinlich nicht zu Hause.«

»Kann ich mal durch das Fernglas schauen?«, fragte Lucy.

»Ich weiß nicht«, meinte Kevin. »Die Linsen sind aus Glas. Die können sehr leicht zerbrechen.«

»Ich werde aufpassen.«

»Du könntest es fallen lassen.«

»Tu ich nicht.«

»Vielleicht doch.«

Lucys Augen wurden schmal. »Kevin«, sagte sie. »Wenn wir Partner sind, dann teilen wir. Alles zu gleichen Teilen. Wir teilen die Arbeit. Wir teilen die Notizen. Wir teilen das Fernglas.«

»Wenn sie zerbrechen ...«

Plötzlich sah ich, dass sich in Chuckies Haus etwas bewegte. Was war das?

»... musst du sie bezahlen«, sagte Kevin.

Chuckies Haustür wurde aufgestoßen.

»Nur über meine Leiche«, fauchte Lucy.

Ich stieß Lucy und Kevin mit meinen Ellbogen an.

»Heh?«, sagten sie.

Ich deutete auf die Haustür. Chuckie kam gerade heraus. Er trug etwas. Er kam direkt auf unser Versteck zu.

»Hallo, Leute«, sagte er. »Was macht ihr da?«

»Hallo«, sagte ich. »Äh. Wir suchen ...«

»... suchen Raupen. Die können in den Büschen großen Schaden anrichten, weißt du?«, sagte Kevin.

»Ich weiß«, sagte Chuckie. »Aber wozu braucht ihr dazu ein Fernglas?«

Das Fernglas sah ganz schön verdächtig aus. Wie sollten wir da nur wieder rauskommen? Genau in diesem Augenblick ertönte die städtische Mittagssirene.

»Zeit fürs Mittagessen«, sagte Lucy. »Meine Mutter

regt sich furchtbar auf, wenn ich zu spät zum Mittagessen komme. Wir müssen jetzt gehen, Chuckie. Bis später.«

Chuckie hob Lucys Pulli auf. »Vergiss den nicht«, sagte er. »Nicht, dass du frierst.«

Lucy nahm den Pulli und wir gingen heim. Schnell.

»Auweia«, sagte ich. »Als Chuckie das Fernglas bemerkte, dachte ich schon, wir wären verloren.«

»Ein Riesenglück mit der Mittagssirene«, sagte Kevin. »Aber zu blöd, dass er uns erwischt hat. Wir konnten absolut nichts Verdächtiges herausfinden.«

»Das stimmt, aber wir können später am Nachmittag noch mal nachschauen«, sagte Lucy und zog sich den Pulli an. Sie vergrub ihre Hände in den Taschen des Pullis.

»Heh! Was ist das?« Sie zog eine Schachtel heraus. Eine kleine Schachtel. Sie nahm den Deckel ab. Drinnen lagen Ohrringe. »Die gehören mir nicht«, sagte sie. »Ich trage überhaupt nie Ohrringe! Wie kommen die in meine Tasche?«

»CHUCKIE!«, riefen Kevin und ich gleichzeitig. »Computerchips!«

»Wir müssen zurück ins Hauptquartier«, sagte ich. »Die können wir der Behörde schicken.«

Wir liefen zu Kevins Haus und rannten die Treppe

ins Hauptquartier hinauf. Gleich, als wir dort ankamen, gab Schurke das Niesgeräusch von sich.

»Schurke ist noch immer erkältet, hm?«, fragte ich.

»Ich glaube schon«, sagte Kevin und hob ihn aus dem Käfig.

»Mwuiiip!«, krächzte Schurke.

Lucy und ich schrieben den neuen Bericht für *Alarm!*

Bericht 2

Lieber Alarm!,
Wir spionierten gerade dem Jungen nach, von dem wir schon erzählten: Chuckie. Erst passierte überhaupt nichts Außergewöhnliches. Chuckie war unverändert.
Als wir von Chuckies Haus weggingen, fand Lucy diese Ohrringe in ihren Taschen. Sie könnten Computerchips eingearbeitet haben. Bitte untersuchen Sie sie.

Mit detektivischen Grüßen
Detektivbüro Schurkenschnapp

Lucy faltete den Bericht und steckte ihn gemeinsam mit den Ohrringen in den Briefumschlag. Kevin hatte die ganze Zeit über Schurke gestreichelt. Schurke hüpfte auf und ab, auf und ab.

»Warum hüpfst du die ganze Zeit auf und ab?

Stimmt etwas nicht?«, fragte Kevin Schurke. Dann streckte er die Hand aus um ihn zu streicheln – und Schurke kotzte in Kevins Hand!!

»Igitt!«, schrie Kevin. »Igitt, igitt, igitt.« Er schleuderte die Kotze in den Abfallkorb und wischte sich die Hand ab. Dann bekam er einen ganz besorgten Gesichtsausdruck. »O Schurke, du musst krank sein.«

Kevin schaute mich und Lucy an. »Was, wenn es etwas Ernstes ist?«

Ich sagte Kevin nicht, was mir aufgefallen war. Ich sagte ihm nicht, dass Schurke sich ganz ungewöhnlich benahm (das Hüpfen, das Kotzen) und dass er verrückt, weggetreten aussah – als wäre er auch gehirnverbrannt. Ich brachte es nicht fertig, Kevin daran zu erinnern, dass in *Außerirdische* der Junge mit dem Bandwurm gekotzt hatte. Aber es gab mir zu denken. Konnten Papageien entführt werden?

♦ 7 ♦

Etwas stimmt nicht

Eine Woche darauf lag ich gemeinsam mit Lucy auf dem freien Grundstück im hohen Gras. Ich sagte: »Ich mache mir Sorgen wegen Schurke.«

»Wegen seiner Erkältung?«, fragte Lucy.

»Vielleicht ist es eine Erkältung. Aber vielleicht ist es auch etwas anderes«, sagte ich. »Manchmal verhält er sich so wie früher und manchmal verhält er sich wie weggetreten – genau wie Chuckie.«

»Du meinst, dass er auch gehirnverbrannt ist?« Sie dachte kurz nach. »Vielleicht hast du Recht. Gestern Abend kam ich mit einer riesigen Taschenlampe ins Hauptquartier. Als Schurke sie sah, flippte er völlig aus. Er kreischte und flatterte herum und prallte gegen die Gitterstäbe des Käfigs.«

»Er fürchtet sich vor hellem Licht! Wie eine entführte Person«, sagte ich. »Wir sollten ihn im Auge behalten.«

Wir pflückten etwas Klee, um den süßen Teil herauszusaugen. Ich sagte: »Mann, war das vielleicht einfach, Chuckie im Auge zu behalten, was meinst du?«

»Im Ernst«, sagte Lucy. »Er ist ständig auf Achse. Weißt du noch, als Kevin wegzog und wir in der Fußballmannschaft spielten, bei den *Draufgängern?*«

»Jep«, sagte ich. »Wir spielten nicht rasend gut und Chuckie lachte uns aus und sagte: ›Ihr seid nichts weiter als ein Haufen Verlierer. Ihr solltet euren Namen umändern: Ihr seid nicht die Draufgänger, ihr seid die Verlierer.‹«*

Lucys Augen wurden ganz schmal, als sie daran

* *Lies nach in: »Wie man goße Jungs besiegt.«*

dachte. »Ja. Und dann wollten wir ihn für unsere Mannschaft gewinnen, weil er so groß war. Aber er ließ uns dafür BEZAHLEN!«

»Vier Scheine die Woche«, sagte ich.

»Und dann ließ er uns auch noch für sich arbeiten. Wir mussten seinen Rasen mähen und Flaschen einsammeln.«

»Und er lachte uns aus.«

»Und dann sang er das K-ü-s-s-e-n-Lied über uns.«

Ich spuckte den Klee aus. Der süße Teil war schon weg.

Ich stellte mir Chuckies lachendes Gesicht vor. Ich erinnerte mich daran, wie die Essensreste zwischen seinen Zähnen hingen, und das kümmerte ihn überhaupt nicht und seine Haare standen wie Stacheln vom Kopf ab und man konnte zwischen den Stacheln die Kopfhaut sehen. Ich stellte mir seine großen, dicken Beine mit den Motorradstiefeln unten dran vor und dann sah ich …

… große, dicke Beine mit Motorradstiefeln unten dran. Ich schluckte. Das war Chuckie. In echt.

Ich blinzelte gegen die Sonne und schaute hinauf zu seinem gemeinen Gesicht. Aber Chuckie sah gar nicht gemein aus. Er sah beinahe … nett aus. Und seine Zähne waren sauber.

»Hallo, Willi«, sagte er. »Hallo, Lucille.«

»Oh, hallo«, sagte Lucy.

»Darf ich mich zu euch gesellen?«, fragte er und setzte sich hin.

»Ja, wenn du willst«, sagte ich. Da hatten wir's. Diesmal waren wir nur zu zweit, Lucy und ich. Zwei sind viel schwächer als drei. Wenn Chuckie so wäre wie normalerweise, würde er versuchen uns übers Ohr zu hauen. Wenn seine Gedanken kontrolliert wären, würde er uns angreifen. Ich machte mich bereit, um aus dem Gras schnellen und um mein Leben laufen zu können.

»Ein schöner Tag«, sagte Chuckie.

Ich blieb still liegen.

»Oder ist euch zu heiß?«, fragte er. »Wenn euch zu heiß ist, könnte ich aufstehen und Schatten spenden.«

Es wäre einfach, uns anzugreifen, wenn wir daliegen würden und Chuckie auf den Beinen wäre.

»Nein!«, rief ich und sprang auf. »Ich meine, es ist angenehm so.« Ich habe selber nie Karate gelernt, aber ich habe im Fernsehen Sendungen darüber gesehen. Ich brachte mich in Stellung für eine Hi-ya!-Aktion.

»Findest du es auch angenehm, Lucille?«, fragte Chuckie.

»Warum nennst du mich ständig Lucille?«, fragte Lucy.

»Ich dachte, dass dir das gefallen würde«, sagte Chuckie. »Aber wenn es dir nicht gefällt, nenne ich dich nicht mehr Lucille. Ich nenne dich so, wie du es möchtest. Na ja, ich meine, mit ein paar Ausnahmen. Da gibt es wahrscheinlich ein paar Sachen, die ich nicht zu dir sagen würde – außer du würdest es ausdrücklich wollen, dann schon.«

Lucy beugte sich vor und schaute Chuckie mit riesigen Augen an. »Chuckie«, sagte sie. »Dein Gesicht ist ganz rot.«

Chuckie legte sich eine Hand aufs Gesicht.

»Wirklich?«, fragte er. »Entschuldigung.« Sein Gesicht

wurde noch röter. »Ich muss gehen«, meinte er – und raste mit einem Affenzahn davon. Mensch, für so einen kräftigen Jungen konnte er sich ganz schön schnell bewegen.

Lucy schnüffelte in der Luft. »Pfui!«, rief sie. »Hier stinkt irgendwas.«

»Es riecht irgendwie süß«, sagte ich. »Wie Blumen.«

Wir kamen genau gleichzeitig darauf. »DAS IST PARFUM!«

◆ 8 ◆

Die Magische Kugel Nr. 8

Bericht 3

Lieber Alarm!,

Wir haben Chuckie im Auge behalten, den Jungen, der möglicherweise entführt worden ist. Folgendes ist uns aufgefallen:

1. Er ist überall.
2. Wenn wir Chuckie nicht beobachten, beobachtet er uns.
3. Er trägt Parfum.

Das wär's.

Wir warten auf Ihre Anordnungen. Wir warten schon SEHR LANGE. Bitte schreiben Sie möglichst bald.

                Mit detektivischen Grüßen
                Detektivbüro Schurkenschnapp

Wir waren jetzt im Hauptquartier. Und warteten. Eines habe ich über das Beobachten gelernt. Eine Zeit

lang macht es Spaß. Aber dann möchte man etwas machen.

Und genau so fühlten wir uns jetzt. Wir wollten etwas machen. Aber wir hatten noch nichts von der Behörde gehört.

Ich nahm die Magische Kugel Nr. 8 in die Hand. »Magische Kugel Nr. 8«, sang ich im Hokuspokus-Ton. »Ich möchte etwas über Chuckie wissen. Ist er gehirnverbrannt?«

Die Antwort tauchte im Fenster auf: Es ist eindeutig so.

Ha! Endlich kamen wir weiter. Ich versuchte es noch einmal. »Magische Kugel Nr. 8, wurde Chuckie jemals von Außerirdischen entführt?«

Die Antwort tauchte auf: Das ist nicht sicher.

»Na gut«, sagte ich. »Dann sag mir, was mit Chuckie Herman nicht stimmt.«

Ich schüttelte die Magische Kugel Nr. 8 und konzentrierte mich angestrengt. Ich wartete darauf, dass die Antwort auftauchen würde. Sie lautete: Frag später noch mal.

Ich wartete zehn Sekunden. Jetzt war später. Ich fragte noch einmal. Ja. Ich schüttelte sie. Die Antwort lautet nein. Ich schüttelte sie. Die Aussichten sind nicht so gut. Ich schüttelte sie. Ja, eindeutig.

Ich starrte sie an, mit riesigen Augen starrte ich auf die Magische Kugel Nr. 8 und sagte: »Heh, streng dich an!« Dann stellte ich sie hin. »Das ist gar keine Magische Kugel Nr. 8. Das ist eine Nullachtfünfzehn-Kugel.«

Mann o Mann. Das Warten fiel mir ganz schön schwer. Ich schaute zu Lucy. Sie schaute zu mir. Lucy schaute zu Kevin. Er schaute zu mir. Warten ist viel schwieriger als Handeln.

Ich klopfte mit dem Knie gegen die Seitenwand des Schreibtischs. Poing, poing. Poing, poing. »Ich habe es langsam satt, darauf zu warten, dass *Alarm!* uns sagt, was wir als Nächstes machen sollen.«

Kevin ließ sich in seinen Sessel fallen und quietschte mit der Lehne. Quietsch, quietsch. Quietsch, quietsch. »Ich auch. Die Außerirdischen könnten sich gerade ein neues Opfer suchen … und wir sitzen hier einfach nur rum.«

Lucy tippte mit dem Bleistift auf den Tisch. Tipp, tipp. Tipp, tipp. »Das Warten macht mich ganz verrückt.«

Poing, poing. Quietsch, quietsch. Tipp, tipp.

»*Squaaaaark!*«, kreischte Schurke.

Schurke. Ich hatte auch ihn im Auge behalten. Manchmal benahm er sich normal – kreischte und war bestimmend –, dann wieder war er wie weggetreten und hüpfte auf und ab. Manchmal kotzte er. Dann wieder nicht. Ich sag's euch, ich war ganz schön besorgt um unseren guten alten Glücksbringer.

Aber noch mehr als besorgt fühlte ich mich gelangweilt. Ich fühlte mich wie mit einem Fernsehkopf – dieses unscharfe Gefühl, wenn man zu viel fernsieht. Nur, dass ich gar nicht ferngesehen hatte. Ich fragte mich, was es zu Hause wohl zu tun gäbe. Wahrscheinlich nichts. Aber zu Hause gab es wenigstens etwas zu essen. »Bis morgen«, sagte ich.

Als ich zu Hause war, stapelte ich Schokoladenkekse auf dem Küchentisch aufeinander. Ich schenkte mir ein Glas Milch ein. Ich aß einen Keks. Als ich gerade den nächsten nahm, kam Mama herein. Sie schaute auf meinen Keksstapel. »Schaut so aus, als hättest du einiges, worüber du nachdenken musst«, sagte sie. »Möchtest du mir davon erzählen?«

»Es geht um eine offizielle Detektivangelegenheit …«, sagte ich, »aber vielleicht sollte ich dir davon erzählen. In der Zeitschrift stand, man solle die Behörde benachrichtigen. Und Mamas sind auch so eine Art Behörde, oder?«

»Bei uns hier schon«, sagte Mama.

Zuerst erzählte ich ihr von Schurke. Sie sagte, Kevin solle ihn zum Tierarzt bringen.

Dann erzählte ich ihr von Chuckie und von unserer Theorie, dass er von Außerirdischen entführt worden war. Sie meinte dazu: »Es klingt so, als würde Chuckie sich ungewöhnlich verhalten, das stimmt. Aber es gibt eine ganze Menge Gründe, warum jemand sich anders verhält als sonst. Eine Entführung ist nur eine Möglichkeit.«

»Sie mag nur eine Möglichkeit sein«, sagte ich. »Aber sie ist die *wahrscheinlichste*.«

»Warum fragst du ihn nicht?«, fragte Mama.

»Machst du Witze?«, sagte ich. »Wenn er tatsächlich entführt worden ist, könnte es gefährlich für uns werden, wenn er weiß, dass wir ihm auf den Fersen sind. Und wenn er nicht entführt wurde, wird er mich wahrscheinlich zermalmen.«

»Vielleicht hat Chuckie sich tatsächlich verändert. Vielleicht möchte er euer Freund werden«, sagte sie und dann ging sie.

Mann, Mama hat überhaupt nichts von Chuckie begriffen. Vielleicht hat sie keine gemeinen Kinder gekannt, als sie klein war. Aber sie hatte etwas Richtiges gesagt. Wir mussten die Wahrheit herausfinden.

Ich aß noch einen Keks.

Es musste einen Weg geben, herauszufinden, ob Chuckie tatsächlich entführt worden war. Was wir brauchten, war ein Beweis. Aber wie sollten wir den kriegen?

Ich aß noch einen Keks.

Ich brauchte einen Plan.

Ich aß noch einen Keks.

Dann fiel mir ein, wie Schurke aus der Fassung geraten war, als er das Licht der Taschenlampe sah. Das war's!

◆ ⑨ ◆

Chuckie flippt aus

Kevin hatte die besten Detektivsachen und ich das beste Essen – und Lucy hatte eindeutig die besten Verkleidungen. Ich beschloss zuerst zu ihrem Haus zu gehen. Ich läutete und ging im selben Augenblick hinein. Noch bevor ich ihr von meinem Plan erzählen konnte, fing Lucy an zu reden.

»Schurke ist krank!«, sagte sie. »Er hat wieder in Kevins Hand gekotzt.«

»Glaubst du, er ist gehirnverbrannt?«, fragte ich. »Glaubst du, Schurke hat Bandwürmer?«

»Es gibt nur einen Weg, mit Gewissheit herauszufinden, ob er Bandwürmer hat, und der besteht darin, in seinem Papageienschleim herumzuwühlen. Kevin und ich sind auf zwei Möglichkeiten gekommen: Entweder einer von *uns* könnte darin herumwühlen … oder der Tierarzt macht es. Kevin hat Schurke zum Tierarzt gebracht. Er ist jetzt gerade dort.«

»Gute Entscheidung«, stimmte ich zu. »Mann, ich

hoffe nur, dass mit Schurke alles in Ordnung ist. Aber vielleicht können wir Kevin aufheitern, wenn wir beweisen, dass Chuckie entführt wurde«, sagte ich. »Mir ist zufällig ein genialer Plan eingefallen.« Und dann erzählte ich ihn ihr.

»Das ist der wildeste Plan, der mir je zu Ohren gekommen ist«, sagte Lucy. »Er ist so wild, dass er funktionieren könnte.«

»Ich *bin* der Wilde Willi«, erinnerte ich sie.

Wir warfen eine Münze um zu entscheiden, wer der Außerirdische sein sollte. Ich gewann. Wir gingen zu Lucys Verkleidungskarton. Ich wusste nicht genau, wonach wir suchen sollten. »Wie schauen Außerirdische aus?«, fragte ich. »Die einzigen Fotos, die ich jemals von ihnen gesehen habe, waren unscharf.«

»Das kommt daher, dass Außerirdische voller Licht sind. Wegen ihres Körperlichts werden die Fotos unscharf. Deshalb brauchst du auch irgendein Licht, wenn du wie ein richtiger Außerirdischer aussehen willst.«

Lucy kramte im Karton und zog ein paar von diesen im Dunkeln leuchtenden Ringen heraus. Solche, wie wir sie tragen, wenn wir am 4. Juli, dem Unabhängigkeitstag, auf das Feuerwerk warten. »Die habe ich noch nicht verwendet«, sagte sie, »deshalb werden sie leuchten, wenn wir sie anmachen.«

Dann kramte ich selber im Karton herum. Als ich grüne Körperfarbe erspähte, sagte ich: »Die meisten Außerirdischen sind grün!« Dann sprühte ich die Farbe auf meine Arme und Beine.

»Und sie haben bleiche Gesichter«, sagte Lucy und schmierte mir weiße Farbe auf meine Wangen. Sie trat zurück und betrachtete mich. »Also, du schaust noch immer aus wie du, nur grün … aber wenn Chuckie wirklich entführt wurde, dann wird er ausflippen und das gar nicht merken.«

»Und ich werde noch besser ausschauen, wenn ich glühe«, sagte ich hoffnungsvoll.

Lucy sagte: »Ich suche noch meine Sachen zusammen und dann treffen wir uns bei Chuckies Haus.« Wir schüttelten uns die Hand und wünschten uns gegenseitig viel Glück, dann ging ich allein zu Chuckies Haus.

Kennst du das, dass Pläne wirklich gut wirken, wenn man das erste Mal über sie nachdenkt? Und dass sie noch besser wirken, wenn man mit einem Freund zusammen ist? Aber wenn du dann allein bist, macht sich ein flaues Gefühl im Magen breit, weil du nicht mehr so sicher bist? Genau so fühlte ich mich. Ich brauchte die Körperbemalung gar nicht um grün auszusehen.

Chuckie fuhr auf seiner Auffahrt Skateboard. Es war

schon fast finster. Deshalb war es nicht schwierig, an ihm vorbeizuschleichen und mich hinter einem Busch zu verstecken.

Während ich auf Lucy wartete, ging ich den Plan noch einmal durch. Lucy würde mit ihrer großen Taschenlampe kommen und sich hinter einem anderen Busch verstecken. Sie würde das Licht direkt auf Chuckie richten. Wir würden das Geräusch von einem Raumschiff nachmachen.

Wenn Chuckie schon einmal entführt wurde, würde er es für ein landendes Raumschiff halten. Ich würde die Leuchtringe einschalten und damit aus den Büschen springen. Chuckie würde mich für einen

Außerirdischen halten, der zurückkommt um ihn zu holen. Dann würde er ausflippen. Er würde seine Arme zum Schutz über den Kopf legen und schreien. Er würde irgendwo hinlaufen um sich zu verstecken, vielleicht unter seinem Bett. Dann hätten wir den Beweis.

Wenn Chuckie nicht entführt worden war, dann würde er mich unter der Bemalung erkennen und mich zermalmen.

Ziemlich bald hörte ich ein Rascheln in den Blät-

tern. Das war Lucy, die sich hinter einem Busch in meiner Nähe versteckte. Sie zielte mit der Taschenlampe direkt auf Chuckies Gesicht und schaltete sie ein. Mann, war das hell! Wir machten beide das Geräusch von einem landenden Raumschiff nach: »ZZZZZZZUUUUUUUUUUUUAAAAAAAAAAAR.«

Ich machte die Leuchtringe an und sprang aus den Büschen. Ich hatte in einem Punkt Recht gehabt, Chuckie flippte aus …

… nur, dass er nicht in ein Versteck rannte, sondern

er rannte auf mich zu. In einer millionstel Sekunde flog er durch die Luft, geradewegs auf mich kleines grünes Wesen zu.

»Perverser!«, schrie Chuckie.

»Aaaaaaaaaaa!«, schrie ich.

PLAAATSCH! Chuckie landete direkt auf mir.

Ich wollte »verfluchter Mörder« schreien, aber ich bekam keine Luft. »Hhhhh! Hhhhh!«, schnappte ich nach Luft. Ich hätte wegrennen und mich verstecken sollen, aber ich war wie gelähmt. Chuckie holte mit seinem Riesenarm aus, um mich ins Jenseits zu befördern – als er plötzlich innehielt.

»Willi …?«, fragte er. »Bist du das?«

»Ja«, quietschte ich.

Dann schaute Chuckie hinter die Büsche zu Lucy. »Lucille?«, fragte er. »Geht es dir gut?«

»Ja«, sagte Lucy. »Aber woher weißt du, dass ich hier bin?«

»Ich sah dich hinter den Büschen mit der Taschenlampe herumspazieren.« Dann bohrte Chuckie seinen dicken Finger in meine Brust. »Ich dachte, du wärst ein Verrückter. Ich dachte, du wolltest Lucille verletzen. Was ist hier überhaupt los?«

Schluck.

»Du solltest mir besser die Wahrheit sagen. Ich weiß, wenn du mich anlügst«, sagte er.

Deshalb plauderte ich alles aus: »Wir dachten du wärst von Außerirdischen entführt worden. Wir dachten, wenn wir dieses Licht auf dich richten und du ausflippen würdest, dann wüssten wir, dass du entführt worden bist. W-w-wie in der Fernsehsendung.«

»SEID IHR VERRÜCKT?«, schrie Chuckie. »Entschuldige, dass ich schreie, Lucille. WAS HAT EUCH AUF DEN GEDANKEN GEBRACHT, DASS ICH ENTFÜHRT WORDEN BIN?«

»Du hast dich nicht so verhalten wie sonst«, erklärte Lucy.

In meinem Leben ist schon viel passiert, was mich überrascht hat. Letztes Jahr zu Weihnachten bekam ich Detektivsachen und Sportschuhe und nicht ein einziges Kleidungsstück, das war eine Überraschung. Als Lucy sich als Kumpel herausstellte, obwohl sie ein Mädchen ist, das war eine Überraschung. Als ich einen Stein in meinem Gemüsegarten fand und ihn für eine Speerspitze von Indianern hielt und damit ins Museum ging und er tatsächlich eine war – das war eine Riesenüberraschung.

Aber niemals hatte mich etwas so sehr überrascht wie das:

Chuckie sagte: »Danke.«

◆ 10 ◆

Wie eine Wassermelone

Auf dem Weg zum Hauptquartier roch ich an meinem T-Shirt. Es stank nach Chuckies Parfum. Ich fragte: »Wieso hat Chuckie ›Danke‹ gesagt? Er sagt nie Danke.«

»Ja. Er verhält sich noch immer gehirnverbrannt. Wenn er nicht entführt wurde, was ist dann los?«, meinte Lucy.

»Du wirst mich für verrückt erklären«, sagte ich. »Aber meine Einstellung Chuckie gegenüber hat sich geändert. Er ist zwar vielleicht gemein, aber er ist nicht durch und durch gemein.«

»Vielleicht ist Chuckie wie eine Wassermelone«, sagte Lucy. »Außen hart und innen süß.«

»Vielleicht«, sagte ich. Vielleicht war Chuckie süß. Vielleicht. Aber ich war weiterhin vorsichtig. »Egal«, sagte ich. »Auch wenn er teilweise nett ist, erklärt das nicht, warum er sich plötzlich so anders verhält.«

Als wir zu seinem Haus kamen, öffnete Kevin uns die Tür. Schurke saß auf seiner Schulter.

»*Hallo!*«, sagte Schurke.

»Das wirst du nie erraten!«, sagten wir alle gleichzeitig. Dann schaute Kevin mich an. »Warum bist du so lustig gekleidet?«, fragte er.

»Du zuerst«, sagte ich.

Kevin legte seine Hand über Schurkes Kopf, damit er nicht zuhören konnte.

»*Heh, was is los? Hallo. Hallo*«, murrte Schurke unter Kevins Hand hervor.

Kevin flüsterte: »Er liebt mich.«

»Natürlich tut er das«, meinte Lucy. »Ihr seid Kumpel.«

»Nein«, sagte Kevin. »Nicht Kumpel-Liebe. Die andere Art. Schurke ist ein Mädchen.«

»Hääh?«

Kevin nahm die Hand von Schurkes Kopf. »Das komische Verhalten, das er an den Tag legt. – Ich meine *sie*. Das komische Verhalten? Das ist L-i-e-b-e.«

»Und was ist mit dem Niesen?«, fragte ich.

»Das sind Küsse!«, sagte Kevin. »Und ich habe keine Ahnung, wie sie das gelernt hat.«

»Vielleicht von Charlotte«, sagte Lucy. »Aber was ist mit dem Kotzen?«

»Das nennt man Herauswürgen. Das machen Vögel, wenn sie jemanden l-i-e-b-e-n«, sagte Kevin.

»Na ja«, sagte ich. »Dann ist es ein Glück, dass du nicht einen Adler als Haustier hast.«

»*Braaaaack!*«, kreischte Schurke.

»Noch etwas«, sagte ich. »Schurke ist ausgeflippt, als – sie – helles Licht sah. Warum?«

»Der Tierarzt sagt, dass sich viele Tiere so verhalten, wenn sie plötzlich helles Licht sehen«, erklärte Kevin. »Auch wenn sie nicht entführt wurden.« Er plusterte seine Brust auf wie ein Papagei. »Der Tierarzt sagt außerdem, dass ich einen ziemlich schlauen Vogel habe. Afrikanische Graupapageien sind die schlausten Papageien und können am besten sprechen. Aber natürlich wusste ich das schon. Jetzt erzählt mir, warum du so lustig gekleidet bist.«

Wir erzählten alles.

»Wir wissen also noch immer nicht, warum Chuckie sich so merkwürdig verhält?«

»Nicht genau«, sagte Lucy. »Aber ich habe einen Verdacht.«

Ich hatte auch einen Verdacht. Aber er war zu schlimm, als dass ich ihn hätte aussprechen können.

»Welchen …?«, fragte Kevin.

Lucy schaute mich an und ich schaute Lucy an. Ich wusste, dass sie wusste, dass ich es wusste. Aber sie sprach es auch nicht aus.

Dann klopfte es an der Tür.

»*Hallo!*«, sagte Schurke. »*Herein, herein, herein.*«

Kevin öffnete die Tür und seine Mama streckte die Hand herein. »Post für das Detektivbüro Schurkenschnapp.«

Schurke schnappte sich den Brief und flog damit zu ihrem Käfig. In Sekundenschnelle hatte sie den Brief mit ihrem scharfen Schnabel aufgerissen.

»Wow!«, sagte Lucy. »Charlotte hat ihm – ich meine ihr – beigebracht, wie man Briefe öffnet.«

Sie nahm Schurke den Brief weg und warf einen Blick darauf. »Jungs, der ist vom *Alarm!*

Liebe Detektive,
Die Untersuchung der Ohrringe war negativ. Es sind keine Computerchips eingebaut.
Ihr habt es da mit einem richtigen Problem zu tun. Es ist schwer, zu sagen, ob jemand entführt wurde. Wenn jemand gehirnverbrannt ist, gibt es dafür normalerweise zwei Gründe:
1. Entführung
2. Liebe
Habt ihr nicht erwähnt, dass das Subjekt Parfum trägt? Schreibt uns bitte, wenn wir euch weiterhelfen können.
Mit detektivischen Grüßen
Alarm!

Lucy sank in einen Stuhl. »Ohhhhhh.« Sie hielt sich den Kopf so, als wäre ihr schwindelig. Sie stöhnte nochmals und murmelte: »Chuckie ... liebt ... mich ...«

Schurke flog auf ihre Schulter. *»Oooh. Armer Liebling!«*

Ich wusste nicht, was ich sagen sollte. Lucy hatte Recht. Chuckie war wegen Lucy gehirnverbrannt.

»Krass«, sagte Kevin. Dann zuckte er die Achseln. »Es könnte noch schlimmer sein.«

»Wirklich?«, fragte Lucy.

»Klar. Mein Cousin Stu sagt, er ist ein Mädchenmagnet. Er sagt, dass die Mädels ihn lieben. ›Aber schau‹, sagt Stu, ›das ist nicht schlecht. Die Liebe schwirrt eine Zeit lang so herum. Und dann verschwindet sie wieder. Wie Gas.‹«

◆ 11 ◆

Wassermelone oder Gas?

Es war zwei Wochen später. Wenn das Liebe war, dann war sie Gas ganz schön ähnlich. Genau wie Kevins Cousin Stu sagte.

Chuckie folgte Lucy überall hin. Er pflückte ihr Blumen. Er nannte sie Lucille. Er war nett. Die ganze Sache machte uns alle nervös – besonders Lucy.

Wir waren bei mir und versteckten uns vor Chuckie.

»Erinnert ihr euch noch an die guten alten Tage, als Chuckie so richtig gemein war?«, fragte Kevin.

»Ja«, sagte ich. »Ich dachte, es gäbe ein paar Dinge im Leben, auf die man sich wirklich verlassen könnte.«

»Ich weiß nicht«, sagte Lucy. »Manchmal können Menschen einen überraschen. Vielleicht ist Chuckie wirklich süß wie eine Wassermelone.«

Kevin blieb der Mund offen stehen. Mir sprangen die Augäpfel aus dem Kopf. »WAS?!«, riefen wir gleichzeitig.

»Lucy, du bist doch nicht auch gehirnverbrannt, oder?«, fragte ich.

Lucys Augen wurden ganz schmal. »Nein!«, sagte sie.

Aber ich war mir nicht ganz sicher. Wassermelone oder Gas? Was von beiden war es? Würde Chuckie Lucy gegenüber süß wie eine Wassermelone bleiben oder würde sich das verflüchtigen wie Gas? Und wie würde es mit Lucy weitergehen? Würde sie wegen Chuckie gehirnverbrannt werden?

Auch die Magische Kugel Nr. 8 war keine Hilfe. Jedes Mal, wenn ich sie schüttelte, tauchte dieselbe Antwort auf: Antwort nicht eindeutig. Neuer Versuch.

»Ich glaube, sie ist kaputt«, sagte Kevin.

Vielleicht war Chuckie auch kaputt. Vielleicht würde er immer bei Lucy hängen bleiben. Vielleicht würden die beiden sogar eines Tages …

Nein. Das war zu schlimm, um es auch nur zu denken.

»Kommt«, sagte Lucy. »Gehen wir raus.«

»Chuckie wird draußen sein«, erinnerte ich sie.

Lucy seufzte: »Ich weiß.«

Chuckie war draußen. »Hallo, Leute!«, sagte er. Er schleuderte mit seinem dreckigen Fahrrad um abzubremsen.

»Hallo, Chuckie«, sagte Lucy.

»Heh, ich weiß ein neues Spiel«, sagte er. »Es ist ein Schlag-Wettbewerb.«

Schluck.

»Ich habe keine Lust, zu spielen«, sagte ich. »Ich mag nicht geschlagen werden.«

»Du brauchst keine Angst zu haben«, sagte Chuckie. »Bei dem Wettbewerb geht es darum, herauszufinden, wer am *zartesten* schlagen kann.«

»Ich weiß nicht …«, sagte Lucy.

Chuckie sah traurig aus.

»Na gut, ich glaube, ich kann es wagen«, sagte Lucy.

Chuckie streckte seine Hand aus. »Du darfst zuerst.

Aber denk dran«, sagte er, »es geht darum, herauszufinden, wer am *zartesten* schlagen kann. Und es gibt nur einen einzigen Versuch.«

Lucy schlug als Erste. Sie fixierte die eine Hand mit der anderen. Dann streckte sie ihren kleinen Finger nach unten und berührte Chuckies Hand. Wie eine Feder.

»Okay. Jetzt bin ich dran«, sagte Chuckie. Dann haute er mit voller Kraft auf ihre Hand.

»Au! Das war fest«, schrie Lucy. »Du hast doch gesagt es ist ein *Zart*-Schlag-Wettbewerb!«

»Ich weiß«, sagte er. »Das war es ja auch. UND DU HAST GEWONNEN.« Dann lachte Chuckie. »Ha, ha, ha!« Zwischen seinen Zähnen hingen Essensreste und ich bemerkte jetzt, dass seine Haare wieder stachelig abstanden.

Lucy kochte vor Wut. Aus ihren Augen schossen Pfeile. »Chuckie Herman, du bist Abschaum. Du bist ein einziges, riesiges Ekel.«

»Ich weiß«, sagte Chuckie prustend. Er sprang auf sein schmutziges Fahrrad und fuhr davon.

Wir grinsten wie verrückt. Stu hatte also Recht gehabt mit der Liebe. Sie vergeht. Chuckie war wieder richtig gemein wie früher. Es ist schön, dass man sich auf dieser Welt auf ein paar Dinge verlassen kann.

Wir gingen zurück zum Hauptquartier und legten

unsere Füße auf den Tisch. Schurke flog herum. *»Knall sie ab, Trottel!«*, schrie sie. *»Puff, puff, puff, puff, puff.«*

Wenn Schurke noch immer v-e-r-l-i-e-b-t in Kevin wäre, würde sie sich nicht so verhalten. Vielleicht war auch bei ihr das Gehirnverbrannte wieder vorbei.

Ahhhh. Jetzt war alles wieder normal. Chuckie war ein Ekel. Ich, Schurke, Kevin und Lucy waren Kumpel. Wir hatten unser eigenes Hauptquartier. Und wir hatten wieder einen Fall gelöst.

»Ist das Leben nicht super?«, fragte ich. Dann nahm ich die Magische Kugel Nr. 8 in die Hand – nur um auszuprobieren, ob sie wieder funktionierte. Eine Antwort tauchte auf:

Ja, eindeutig.

Barbara M. Joosse

Zwei Detektive auf heißer Spur

Willi und Kevin sind schon seit Ewigkeiten Nachbarn und beste Freunde, die alles gemeinsam machen. Umso größer ist der Schock, als Kevin meilenweit wegziehen muss, weil sein Vater einen besseren Job bekommen hat. Sie beschließen trotzdem gemeinsam ein städteübergreifendes Detektivbüro zu gründen: »König Kevin und Wilder Willi – Privatdetektive«. Willis erste Aufgabe wird sein, den neuen Nachbarn hinterher zu spionieren. Und tatsächlich: Kaum ist Kevin weg, ereignen sich im Nachbarhaus seltsame Dinge. Denn es sieht aus, als würden Hunderte Kinder dort wohnen. Und die Kinder, die hineingehen, sind nie die Kinder, die herauskommen. Ein Rätsel. Und ein interessanter Fall für das Detektivbüro Kevin & Willi – obwohl seine Lösung mehr als überraschend ist und Kevin eine grandiose Idee hat!

80 Seiten

UEBERREUTER

Barbara M. Joosse

Drei Detektive auf Gespensterjagd

Das Detektivbüro von König Kevin, Wildem Willi
und Lucy bekommt wieder ganz schön was zu tun.
Ist Kevin doch gerade in ein Haus gezogen,
in dem es ganz eindeutig spukt.
Das Gespenst ist zwar unsichtbar, gibt aber
deutlich Lebenszeichen von sich.
Sehr mysteriös. Ob das wohl damit zu tun hat,
dass in dem Haus früher eine Hobby-Detektivin
gelebt hat? Eine, die sich Tag und Nacht Krimis
anschaute und haufenweise Detektivmagazine
verschlang. Vielleicht ist es ihr Geist,
der keine Ruhe findet?
Ehrensache, dass unsere drei Detektive
nicht eher ruhen, bis dieser Fall gelöst ist.
Und Kevin wieder ruhig schlafen kann ...

80 Seiten

UEBERREUTER